ALINA PERLMAN

O Jeitão da Turma

Ilustrações de Alcy

Selecionado para o PNLD-SP/2004

Coleção Jabuti Vida

CB130847

4ª edição
8ª tiragem
2015

Conforme a nova ortografia

Editora Saraiva

Gerente editorial executivo: ROGÉRIO CARLOS GASTALDO DE OLIVEIRA
Assistente editorial: KANDY SARAIVA
Secretária editorial: ANDREIA PEREIRA
Suplemento de trabalho: MÁRCIA GARCIA
Gerência de arte: NAIR DE MEDEIROS BARBOSA
Supervisão de arte: ANTONIO ROBERTO BRESSAN
Projeto gráfico: ROSANGELA C. LIMA
Capa: ALEXANDRE RAMPAZO
Diagramação: ROBSON LUIZ MEREU
Impressão e acabamento: GRÁFICA PAYM

Dados Internacionais de Catalogação na Publicação (CIP)
(Câmara Brasileira do Livro, SP, Brasil)

Perlman, Alina
O jeitão da turma / Alina Perlman ; ilustrações de Alcy. — 4. ed. — São Paulo : Saraiva, 2009. — (Coleção Jabuti)

ISBN 978-85-02-08211-3
ISBN 978-85-02-08212-0 (professor)

1. Literatura infantojuvenil I. Alcy. II. Título. III. Série.

03-0073 CDD-028.5

Índices para catálogo sistemático:

1. Literatura infantojuvenil 028.5
2. Literatura juvenil 028.5

Editora Saraiva

Rua Henrique Schaumann, 270
CEP 05413-010 – Pinheiros – São Paulo-SP

SAC 0800-0117875
De 2ª a 6ª, das 8h30 às 19h30
www.editorasaraiva.com.br/contato

200816.004.008

SUMÁRIO

Bagunça

Tá bagunçado! E daí? Minha mãe devia ver o quarto da Bel, da Soninha, da Priscila. Aí ela parava de me chamar a atenção. Até que está tudo bem normal, bem direitinho. Dá para achar os cadernos, os CDs, as revistas. Se alguém mexer na minha desordem, não vou encontrar mais nada!

E ela vive brigando. Briga com meus irmãos também. Diz que cumpre as obrigações dela e que a gente não cumpre a nossa. Eu acredito que ela cumpra as obrigações dela. Acredito mesmo. A coitada vive correndo, faz todas as compras e ainda trabalha meio período. Não sei como não pira. Aliás, um pouco pirada ela fica quando chega em casa e tá tudo na maior zoeira. Nós três escutando música bem alto (cada um a sua, lógico), o jantar – que a empregada devia ter preparado – queimando no forno, o telefone tocando e ninguém atendendo, o papai pra voltar a qualquer instante. Ela vira fera. Grita, resmunga, se fecha no quarto. A gente então aproveita pra baixar o volume do som, atender ao telefone, dar uma mãozinha na cozinha e tudo se acalma.

Até aí, não significa que eu não cumpra as minhas obrigações. Estudo bastante e não tirei nenhuma nota vermelha desde o começo do ano. Tá mais do que bom.

Tem dias que mamãe está tão ocupada que nem pega no meu pé. E eu curto meu quarto sossegada. O problema começa quando ela está mais livre. Ela parece que procura algo para criticar. Olha todos os cantos, põe a mão na minha papelada, me deixa doente.

A gente até que se dá bem. Ela me empresta umas malhas, eu deixo ela ler minhas revistas, conversamos sobre a vida, sobre o trabalho dela, sobre a escola, sobre amizade. Às vezes ela me dá boas ideias. E eu sei que ela gosta de mim pra caramba. Dá pra sentir pelo jeito que ela me olha, pelo carinho que faz no meu cabelo, quando eu deixo, pelas coisas que fala de vez em quando.

Ela me diz o que gosta e o que não gosta no meu jeitão de ser e eu faço o mesmo em relação a ela. A gente discute, a gente ri, a gente se abraça, a gente se agride, se irrita, fica sem se falar, faz as pazes. É muito bom!

Só não é bom ela entrar no meu quarto e me dizer que eu tenho três dias pra botar tudo no lugar. Quando eu tento dizer que está tudo no lugar, ela vem com o papo de que não dá pra tirar pó, que quando eu tiver a minha casa eu vou me dar mal... Puxa! Eu vou ter a minha própria casa só daqui a mil anos. Não preciso me preparar desde já. Fico supernervosa.

Sei que tenho que dar um jeito porque depois de três dias ela vem de lupa procurar entre os meus livros algum papel de bala que eu esqueci de jogar no lixo, um clipe fora de lugar, um lenço de papel sujo, uma pilha, sei lá. E fica furiosa por qualquer coisa. Às vezes ameaça cortar minha mesada, não me levar numa festa, não comprar algo de que preciso. Só ameaça, porque na hora ela não faz nada disso.

No fundo, no fundo, ela é legal. E eu também.

O quarto tá bagunçado. E daí?

Coragem

Sérgio estava nervoso demais.

– Não vai dar, Rodrigo. Não tenho coragem.

– Sem essa, meu! Chega lá e pergunta qualquer coisa.

– Perguntar o quê?

– Pergunta se ela está indo bem em Matemática e pronto.

– Falar de escola? Que papo furado! Deus me livre. Assim ela não vai nem olhar pra minha cara.

– Então diz pra ela que você conhece o Márcio.

– Que Márcio?

– Sei lá que Márcio! Tanto faz. É só um jeito de começar o papo.

– Não. Assim não vai dar. E se ela quiser saber que cara tem esse tal de Márcio?

– Como você é bobo, Sé! Manda um bilhete.

– Já mandei montes!

– E ela?

– Não sabe de quem são, né, Rodrigo?! Você acha que tive coragem de assinar?

– Vai mal... Toma um gole de vinho. Quem sabe você relaxa.

— Hmm... só um gole. Pra ver se eu me animo a ir até lá.

— Mas toma rapidinho que tá "assim" de garoto de olho na tua gata!

Durante muito tempo Rodrigo tentou incentivar Sérgio a falar com a garota. Quanto mais ele cutucava, mais Sérgio bebia.

— Rodrigo, me dá mais um golinho. A Aninha é linda, não?

— É. É bonitinha, sim. Mas não vai ficar esperando a vida toda por você. Ainda mais porque ela nem sabe que você existe.

— Claro que sabe. Ela tá na minha classe!

— Eu quis dizer que ela nem sabe que você tá ligado nela. Acorda, meu!

— Tô superacordado, cara. Eu sou mesmo um covarde. Sabe que esse vinho não é nada mau... Cadê a garrafa que tava aqui?

— Você já tomou bastante, Sérgio. Chega. Ou você vai até lá ou eu vou!

— Que amigo! Querendo conquistar a minha garota! Ah, que bom! Achei uma garrafa cheinha! Pra afogar as mágoas!

— Que mágoas? Eu só queria ir até lá dizer que você tá a fim dela. E para de beber, pô!

— Então você não quer ela? Por quê? Não gostou?

— Sérgio, você está passando dos limites. Vamos embora. Amanhã você tenta de novo.

— Amanhã onde? Não vou, não. Ir embora, por quê? Justo agora que tá ficando bommm?

— Escuta aqui. Se tá ficando bom, vai falar com ela duma vez e resolve o teu problema. Só que vai ter que descobrir onde ela está porque ela já saiu daquele cantinho...

— Saiu é? Ih! Tá ficando complicado! Só mais um golinho e eu já vou indo...

Sérgio tentou dar alguns passos, tropeçou e acabou caindo.

Rodrigo correu para ajudá-lo, mas Sérgio parecia estar se divertindo, rindo como um louco.

— Você viu, Rodrigo? Apesar de terem posto um monte de coisas no meu caminho, tô quase chegando. Na próxima tentativa eu consigo. Consigo mesmo! Cadê o vinho?

— O próximo copo você toma em casa. Vamos! A festa acabou!

Sérgio começou a choramingar.

— Pera aí, meu. Eu ainda nem falei com a Aninha. Tô apaixonado de verdade... Ei, vocês! Querem parar de rir da minha cara? Se não fosse o sono que tô sentindo... metia a mão em algum...

No dia seguinte, Sérgio chegou à escola com uma tremenda dor de cabeça e uma vergonha maior ainda, rezando pra ninguém da turma ter visto e contado pra Aninha sobre o papelão que ele tinha feito.

Na classe, um grupo comentava a festa.

— Eu gostei!

— Eu não. Tava supercansado!

— Comi tanto! Festa de domingo deixa a gente pesada!

— Achei a música ótima. Preciso pedir uns CDs emprestados.

— E você, Sérgio? — perguntou Aninha.

— Eu... eu... o quê?

— Gostou da festa?

— Bem... mé-médio. E você?

— Mais ou menos, também. Achei meio desanimada. Me contaram que depois que eu saí alguém ficou de fogo e levou um tombo danado. Você chegou a ver?

— Na-não.

— Chato, né?

— Su-super.

— E desagradável.

— De-demais.

— Imagine o que devem ter gozado da cara dele...

— Ne-nem fale!

— Ainda bem que você concorda comigo.

— Ô. E como!

— Você estudou Matemática? Tô achando tão difícil...

— Que-quer ajuda??

— Adoraria!!

— Quer cabular a primeira aula?

Coleção Jabuti Vida

Editora Saraiva

ALINA PERLMAN

O Jeitão da Turma

Apreciando a Leitura

Bate-papo inicial

O jeitão da turma. Ou da galera, da trupe, da tribo, da patota, do pessoal... Enfim, todo adolescente participa de algum grupo ou tem um como referência. É o que acontece com os personagens das nove histórias narradas neste livro. Aqui há de tudo: briga entre mãe e filha por causa de quarto desarrumado, garotos que perdem a coragem na hora de conquistar a garota que amam, menina "feia" que arruma namorado bonito, outra que se vê obrigada a ler um monte de livros para conquistar um "rato de biblioteca" e por aí vai.

Assim como acontece em nossas vidas, nem tudo é sempre alegria: alguns personagens enfrentam a morte na família e a separação dos amigos. São situações que ferem profundamente a alma desses jovens, mas também os fazem mais fortes, experientes e humanos.

Aproveite esta oportunidade e comece já essa leitura. Você reconhecerá em cada episódio um pouco de si mesmo e de sua turma, claro!

Analisando o texto

1. Como é o relacionamento entre mãe e filha? Retire do texto um trecho que comprove sua resposta.

R.: ____

____

____

____

____

____

____

____

2. Qual é o principal motivo das brigas entre a mãe e sua filha?

R.: ____

____

3. Qual é o argumento que a mãe apresenta aos filhos quando chega em casa e encontra tudo em desordem?

R.: ____

____

4. Sérgio, protagonista de "Coragem", tem uma personalidade que dificulta a realização de seu objetivo. Quais são suas principais características e o que ele deseja?

R.: ____

____

____

5. Lúli começou a ler só para conquistar a atenção de Fernando Rato, por quem estava apaixonada. E você? O que já fez de extraordinário para conquistar alguém?

R.: ____

____

Linguagem

10. A narradora, para demonstrar ao leitor seu ponto de vista em relação ao argumento apresentado por sua mãe, exagera intencionalmente o número de anos que faltam para ter sua própria casa – "Eu vou ter a minha própria casa só daqui a mil anos". A esse recurso de linguagem dá-se o nome de hipérbole.
Retire do texto outro exemplo de hipérbole.

R.: ____

____

____

____

____

11. Observe essas frases de Sérgio:

"– Bem...mé-médio. E você?"
"– Na-não."
"– Su-super."
"– De-demais."
"– Ne-nem fale!"
"– Que-quer ajuda?"

O que a constante repetição de sílabas na maneira de o personagem falar indica?

R.: ____

____

12. Observe a resposta que Mári dá a sua amiga Bete: "EU NÃO TENHO O QUE VESTIR! Não dá pra ir. A saia preta tá superapertada. As minhas calças são ridículas. Não aguento mais olhar pra minha blusa marrom. E a minha mãe diz que o armário tá cheio de roupa. Não vai dar.".
Por que foram usadas letras maiúsculas na primeira frase?

R.: ____

____

____

____

____

Pesquisando

13. Estatuto é o documento que apresenta o regulamento de uma associação.
Procure o Grêmio de sua escola e peça para ler seu Estatuto. Observe com atenção as regras ali estabelecidas e selecione com os colegas aquelas que vocês consideram mais importantes. Em seguida, copie-as num cartaz. Cole o trabalho do grupo no mural para divulgar essas regras a todos os colegas.

14. Que tal aproveitar a ideia dos personagens e fazer o "jogo da verdade" com os colegas de classe? Desta vez, nada de pesquisa em livros, jornais ou revistas. A pesquisa deve ser feita examinando o eu interior de cada um. "O jogo é assim: alguém faz uma pergunta e todo o mundo tem que dar uma resposta bem sincera." Uma dúvida certamente vai aparecer: como saber se a pessoa está sendo sincera? Ora, só a consciência de cada um saberá a verdade.
Aqui vai a primeira pergunta: *Você já contou o segredo de um amigo para outra pessoa?*

■ Redigindo

15. Mariana não gosta de seu visual e faz uma descrição horrível de si mesma: "Eu olho no espelho e tenho vontade de chorar. Não se salva nada. O cabelo parece espanador, a pele, cheia de espinhas, não melhora com creme nenhum. O nariz é grande e as orelhas são maiores ainda. Dá vontade de sumir. Eu, definitivamente, não gosto de mim.".

E você? Gosta de si? Responda a essa pergunta fazendo seu autorretrato, ou seja, redija um pequeno parágrafo indicando seu jeitão de ser. Valem tanto as características físicas como também as psicológicas.

16. Imagine que haverá eleições para o Grêmio de sua escola. Escolha alguns colegas e forme uma chapa para disputar o pleito. Invente um nome para seu grupo e crie também as propostas para a campanha. Combine a apresentação com as outras chapas concorrentes e exponha todas as propostas elaboradas.

Para qualquer comunicação sobre a obra, entre em contato:

SAC | 0800-0117875
De 2ª a 6ª, das 8h30 às 19h30
www.editorasaraiva.com.br/contato

Escola: ___

Nome: ___

___

Ano: ___ Número: ___

6. Você já esteve numa situação parecida com a de Leila? Já precisou fazer algo para o qual se sentia incapaz? Explique oralmente sua experiência e a solução encontrada.

R.: ____

____

____

7. O amigo de Rafael tirou zero na prova de Matemática. O que ele fez quando teve de mostrar o boletim para a mãe? Você acha essa atitude correta?

R.: ____

____

____

____

____

____

____

8. Seus pais, realmente, viram "feras" quando você tira notas baixas? Que estratégia você usa quando tem de mostrar o boletim escolar?

R.: ____

____

____

____

____

9. A insegurança que Fabinho sente diante de Gabriela é uma atitude comum entre os rapazes? Justifique sua resposta.

R.: ____

____

____

____

____

— Não precisa tanto. No recreio você me ensina, tá bom? A prova é na última aula, mesmo.

— Claro!

No fim da primeira aula, Sérgio se encontrou com Rodrigo:

— Meu! Você não sabe o que o porre de ontem fez por mim!

— Como assim?

— A Aninha. Veio falar comigo, comentou sobre o bêbado da festa e combinou de a gente se encontrar no recreio pra eu tirar as dúvidas dela de Matemática.

— Que ótimo. Vai firme.

— Ló-lógico! Quer dizer... e depois de eu tirar as dúvidas? E se alguém contar pra ela que o bêbado panaca era eu? Ai, que dor de barriga... Que é que eu digo pra ela? Me ajuda! Como é mesmo a história do Márcio?

— Que Márcio?

— Aquele que você mandou eu inventar... Você não quer encontrar a Aninha no recreio no meu lugar?

Deu pra perceber

Os telefones da Bete e da Mariana estavam fervendo:

— Eu não vou.

— Como, não vai?

— Já disse, Bete. Não vou.

— Você deve estar delirando, Mári. Faz séculos que não aparece uma festa, a Bianca convidou meio mundo... claro que você vai!

— Não vou e pronto.

— Você até já comprou presente pra Bianca. Tá dando uma de difícil por quê?

— EU NÃO TENHO O QUE VESTIR! Não dá pra ir. A saia preta tá superapertada. As minhas calças são ridículas. Não aguento mais olhar pra minha blusa marrom. E a minha mãe diz que o armário tá cheio de roupa. Não vai dar.

— Deixa de onda, Mári. Bota um *jeans* e uma camisa, que tá mais do que bom. É assim que eu vou.

— Você é você e eu sou eu. Bé... você tem uma camisa pra me emprestar? Acho que meu *jeans* claro não tá tão ridículo assim.

— Lógico que tenho, boba. Você vem pra cá antes da festa, a gente se veste e vai junto. Só não sei como fazer com a volta. Os pais do Sandro vão estar na praia e os meus têm um compromisso.

— A volta não tem problema. Eu já tinha avisado meus pais sobre a festa. Eles buscam, levam o Sandro e você dorme na minha casa, tá legal?

— Perfeito! Até amanhã então. Um beijo.

— Outro. E obrigada.

— Obrigada por quê?

— Pela camisa, ora.

— Imagina! Tchau.

No dia seguinte, no fim da tarde, Mariana foi pra casa de Bete se arrumar para a festa.

— Ai! Esse cabelo tá uma droga!

— Que nada, Mári. Tá lindo!

— Se pelo menos eu não tivesse orelha de elefante, eu podia fazer um rabo.

— Nossa, como você é exagerada. Já falei que tá ótimo assim.

— Não, não está. Eu olho no espelho e tenho vontade de chorar. Não se salva nada. O cabelo parece espanador, a pele, cheia de espinhas, não melhora com creme nenhum. O nariz é grande e as orelhas são maiores ainda. Dá vontade de sumir. Eu, definitivamente, não gosto de mim.

— Não diga isso, amiga. Teu espelho está embaçado. Você é muito bonita. Por fora e por dentro. Só você não vê.

— Bonita coisa nenhuma. Por fora eu me odeio e por dentro não sou grande coisa, não. Você é a única pessoa que me aguenta, Bete.

— Não exagere, sua tonta. E agora, chega. Vamos tentar transformar sua feiúra horripilante em algo aceitável.

— Não vale gozar da minha cara. O que você acha... A tua camisa combinou com a minha calça?

— Demais! Posso usar teu perfume?

— Nem precisa perguntar... Será que a festa vai ser boa?

— Com certeza. A Bianca é supersocial e vai ter milhões de pessoas.

— Depende de que pessoas...

— Todas. Vai ser o máximo.

— O máximo pra você que tem namorado... E esse meu cabelo horroroso, cheio de nó... Tô quase a fim de não ir...

— Quer parar? Pega o presente da Bianca e vamos embora que você tá ficando chata!

Na festa...

— Mári! Aquele loiro gracinha não para de te olhar.

— Deixa de besteira, Páti. Com tanta menina bonita, ele vai olhar justo pra mim?

— Ele tá vindo pra cá, Mári.

— Vai ver que gostou de você, ora.

— Como você é inocente! Vou pegar um refrigerante e já volto!

— Oi!

— Oi!

— Como você se chama?

— Mariana, e você?

— Renato, mas a turma me chama de Rê.

— O meu apelido é Mári.

— Adorei teu cabelo, Mári!

— Puxa... obrigada.

— Tá quente aqui. Vamos até o jardim?

De madrugada, no escuro do quarto de Mariana, Bete disse:

— Tô precisando tanto conversar...

— Eu também, Bé...

— Você gostou da festa?

— Amei de paixão! Você tinha razão, foi o máximo. E você, gostou?

— Odiei! Não sei o que você achou de tão especial...

— Nossa! Que bicho te mordeu?

— O Sandro...

— Que é que tem? Não chora, Bé!

— Ele desmanchou.

— Assim, sem mais nem menos? Não chora, amiga!

— Não estou chorando... Foi quase sem mais nem menos. Disse que queria dar um tempo, que tava se sentindo amarrado, sei lá. Deve ter arrumado outra. Me deu um aperto tão grande lá no fundo que não sei como não chorei na frente dele. Fiquei sem ação. Eu tava gostando dele, poxa! Como é duro levar um fora! Não pensei que doesse tanto. Saí logo pra te procurar... Onde foi que você se meteu?

– Em lugar nenhum. Eu não queria ficar na tua cola. Não pensei que... Ele estava meio esquisitão no carro... Vocês nem se despediram direito... Puxa, que mau... Sinto muito, Bé...

– Eu também. Pra caramba! Mas você não precisava sumir...

– É que... eu fui dar umas voltinhas no jardim com o Rê...

– Rê? Que Rê é esse, Mári?

– Deixa pra lá. Você está triste... Pode desabafar comigo...

– Tô triste, sim, mas não sou egoísta. Você é uma amigona... Conta essa história direitinho!

– Se você insiste... Ele é uma graça, sabia?

– Pelo tom da sua voz, deve ser mesmo. Você já conhecia ele?

– Não. Eu tava conversando com a Páti, ele apareceu e ela... desapareceu!

– E aí?

– Aí ele falou que o meu cabelo era bonito. Pode?

– Isso eu já tinha te falado antes. E depois?

– Depois fomos passear no jardim. Ele é uma graça...

– Sei. E daí?

— Daí… daí… puxa Bete, brigadão pela camisa!

— O que é que a camisa tem que ver com isso?

— Ela deu sorte… Será que deu pra perceber que foi meu primeiro beijo?

Pai

Pai, o que é que eu faço agora? Com a mamãe não dá pra conversar. Ela chora e suspira pelos cantos. Não escuta ninguém.

A Clarinha é outra que não quer papo. Fechou a porta do quarto e quase não sai de lá. Se fechou pro mundo.

Estão as duas precisando de ajuda, mas eu também estou.

Desabafar com os amigos, nem pensar. Eles nunca passaram por isso, não entendem. Querem me levar pro jogo de futebol, me convidam pro cinema... mas o que eu quero mesmo é falar sobre você. Aí eles ficam sem graça, não sabem o que responder, me dão um abraço e vão saindo, cada um com a desculpa mais esfarrapada que o outro...

Eu queria te contar que tirei um A em Matemática. E um C em Física. Não sei por que, mas não consigo me concentrar nessa matéria.

Queria te contar que a Luciana me ligou. Sabe a Luciana? Aquela que eu estava a fim... Pois é.

Ah! Acho que você ia gostar de saber que fiz as pazes com o Roberto. Você tinha razão. Foi provocação minha.

Eu queria te contar tanta coisa...

Você lembra quando morreu meu peixinho dourado? Eu era tão pequeno... chorei tanto...

Você quase chorou junto comigo. A gente colocou o peixe numa caixinha, você lembra? E enterrou no jardim, num buraco bem fundo pro Rex, que é doido pra cavar, não encontrar.

Depois, você me comprou um peixinho vermelho e me disse que não era pra substituir o outro, mas sim pra me distrair da falta que o dourado fazia.

E agora? Depois que a mamãe parar de chorar e arrumar um namorado, como fez a mãe do Paulinho depois de se separar do pai dele, eu não vou conseguir me distrair, pai.

Eu queria te abraçar, te beijar, te sentir, te escutar.

Dói tanto a saudade que eu sinto de você...

O pior é saber que eu não vou te ver nunca mais. Olho pras tuas fotos e mal dá pra acreditar.

Você se foi tão depressa. Alguém falou que foi culpa de um maldito de um caminhão. Eu encheria a cara do motorista de soco se ele não tivesse fugido.

Tem tanta coisa que eu nunca te disse...

Tem tanta coisa que você nunca me disse...

Tem tanta coisa que eu queria perguntar...

Tem tanta coisa que eu precisava saber...

O que é que eu faço agora, pai?

AMIZADE

— Oi, Beto! Tava te procurando desde ontem. Tem um povo querendo ir ao *show* do "Janelas Plácidas" hoje de noite. Você topa?

— Topo, sim, Silvinha. Quem vai?

— A Ana, a Júli, a Paulinha, o Cláudio, o Pedro...

— Pensando bem, acho que não vai dar.

— Qual é o problema?

— Pra falar a verdade, não vou com a cara do Cláudio. Como é que vocês aguentam sair com ele?

— Ele é legal, Beto. Eu não entendo... Vocês não eram superamigos? O que houve?

— Nada, não. É, nós já fomos amigos, mas isso faz muito tempo. Foi na época em que eu não conhecia ele muito bem. Deixa pra lá. Outra hora a gente faz um programa, tá?

— Tá bom. Não quero insistir, mas... não tá com nada você não ir só porque o Cláudio vai...

— Como você disse, não adianta insistir. Bom *show*, Silvinha. Me liga quando vocês combinarem sair SEM o Cláudio, tá?

— Tá certo então, Beto. Tchau!

— Tchau! Oi, Deia! Você por aqui?

— Oi, Beto! O que você conta de bom?

— Tudo em paz. Contando os dias pras férias!

— Eu também. Não vejo a hora...

— Que é que você vai fazer hoje de noite?

— Hoje é aniversário da minha tia. Tem festa de família.

— E amanhã?

— Amanhã tem a festa de uma amiga da amiga da amiga da Lu. Quer ir?

— Acho uma boa. Quem vai que eu conheço?

— O Tuca, o Cláudio, o...

— O Cláudio? Pô! Parece perseguição!

— Por quê? O que tem o Cláudio, Beto? Vocês brigaram?

— Brigar, não brigamos. A gente apenas não se fala mais. E pronto. Boa festa, Deia!

— Desencana, Beto! O Cláudio é gente fina. Tenta falar com ele de novo.

— Nem pensar! Desculpe, mas eu tô indo embora. Tchau!

"Que droga! Esse cara tá sempre no meu caminho. Todo programa bom inclui o Cláudio. Assim eu vou acabar não saindo mais. A Silvinha tem razão, o negócio é esquecer que o Cláudio tá junto e combinar qualquer coisa. Aquele pilantra... primeiro apronta comigo e depois conquista meus amigos... Mau-caráter... Também, quem mandou eu me considerar tão íntimo dele... Eu precisava contar pra ele algo que não queria que ninguém soubesse? E como eu podia imaginar que ele não sabe guardar segredo... Que decepção, poxa! Segredo é coisa séria. Nem que o mundo caia na minha cabeça eu conto segredo dos outros. É sacanagem! Das grandes! E ele até que era boa pessoa... Sei lá... a gente se entendia, tinha muito papo em comum. Não sei como eu pude me enganar tanto! Mas vamos lá. Vou enfrentar a fera e a minha raiva, combinar com a Silvinha e aparecer no *show* do 'Janelas Plácidas'. Ele que não se meta a besta e venha falar comigo... Vai levar uma podada daquelas!"

– Alô! Cláudio? É a Silvinha. Tudo bem?

– Tudo. Que é que manda? Cancelaram o *show*?

– Não, não é isso. É que eu queria te perguntar um negócio sem toda a turma escutar...

– Que foi? Quer a ficha de algum amigo meu?

– Não, obrigada. Antes você tivesse um amigo que merecesse eu querer a ficha...

– Metida! O que é então?

– O que aconteceu entre você e o Beto?

– Ih! Não vale nem a pena contar... Por quê? Ele andou falando mal de mim?

— Ele não quer ir ao *show* por tua causa. Pode ser impressão minha, mas ele parece mais magoado que zangado...

— É? Sei.

— Você não quer me contar o que houve?

— Bem, é que... ele ficou bravo comigo e eu nunca entendi direito o porquê.

— E gostaria de entender?

— Hmmm... Acho que sim. Sabe, a gente até que se dava bem. Muito bem. Vivia um na casa do outro. De repente... ele começou a virar a cara. A não querer mais conversa. Cansei de tentar descobrir o que aconteceu, mas não consegui. Ele me deu uma gelada tão grande que acabei desistindo. Bem que eu gostaria de resolver esse mistério...

Beto foi ao *show* e se sentou bem longe de Cláudio. O *show* foi incrível e valeu a pena ter ido. Quando terminou, Ana sugeriu:

— Que tal ir todo mundo lá pra casa ouvir música e comer bolo?

Cláudio logo disse sim e Beto em seguida recusou.

— Tô cansado. Fica pra outra vez.

— De jeito nenhum — cochichou Silvinha em seu ouvido. — Amanhã é aniversário da Ana e como vamos à festa da amiga da amiga da amiga da Lu, estamos planejando cantar parabéns hoje à meia-noite. Não tem desculpa. Ela é ou não é sua amigona?

— Silvinha, você me deixa numa situação... Tá legal, eu vou. Mas só fico até a hora do parabéns, tá?

— Ótimo! Vamos embora, galera!

O ambiente na casa da Ana estava meio pesado até que Júli teve uma idéia brilhante:

— Vamos fazer o "jogo da verdade"?

— Pera aí! Depende! — resmungou Pedro.

— Depende de coisa nenhuma! E não se preocupe que aqui ninguém tá querendo saber das suas paqueras! O jogo é assim: alguém faz uma pergunta e todo mundo tem que dar uma resposta bem sincera.

— Eu faço a primeira pergunta — exclamou Silvinha. — O que você considera importante numa pessoa?

— A honestidade — falou Paulinha.

— O senso de humor — disse Pedro.

— Importante é ser amigo de verdade — replicou Cláudio.

— Saber guardar um segredo — sussurrou Beto.

— O quê? Fala mais alto — gritou Ana.

— SABER GUARDAR SEGREDO! — irritou-se Beto.

— Tem razão. Não precisa ficar nervoso. Eu concordo plenamente com você! — falou Silvinha.

— Eu também — disse Júli.

— Eu idem — emendou Paulinha.

— Concordo demais — afirmou Cláudio.

— Você concorda? — perguntou Beto, vermelho. — Justo você? Até parece que eu acredito...

— Acredite se quiser. Eu acho isso importantíssimo. Qual é a sua? Pra que tanta bronca? E já que estamos aqui, juntos, entre amigos, por que você não fala mais comigo? Que foi que eu fiz? Te procurei pra caramba e você nunca deu retorno... Aproveita o jogo da verdade e diz na minha cara o que aconteceu. Acho que é uma oportunidade única de eu saber o que se passou.

— Você não sabe o que se passou... Tá bancando o inocente ou fazendo gênero? Meu, você foi super meu amigo, companheiro de todas as horas. A gente compartilhou um monte de experiências. Boas e ruins. Alegres e tristes... Eu nunca esperava isso de você. Foi a maior decepção da minha vida... Por que você fez isso, Cláudio?

— Por que eu fiz o quê? Não tô entendendo. Não me lembro de ter te aprontado nada. Te considero demais. Você sempre foi tipo um irmão pra mim. Um irmão que eu nunca tive e que fazia falta... O que foi que eu fiz, pô?

— Você me traiu, seu sacana. Você contou um segredo meu na frente de todo mundo e nem se lembra...

— Não lembro, não percebi, nunca me passou pela cabeça trair sua amizade. Se eu contei alguma coisa e eu não sei nem que coisa, foi porque eu não me toquei que era segredo. Acredite em mim, Beto.

Por favor, cara! É importante pra mim. É importante ter um amigo de verdade. Um amigo que me conte se está aborrecido comigo e por quê. Desculpe, Beto, se eu te magoei. Não foi de propósito. Juro!

— Sei lá, Cláudio. Eu até quero acreditar em você. Sinto falta das nossas conversas, das nossas farras, até das nossas discussões. Essa história de não falar com você tá me deixando mal... mal mesmo... Tá. Eu acredito.

Os dois rapazes se abraçaram, superemocionados. Os amigos estavam no maior silêncio, até que a Silvinha deu um berro:

— Meia-noite! Viva a Ana!

— Parabéns a você...

Depois do parabéns, os beijos, os votos, o bolo e a despedida.

Beto e Cláudio saíram juntos.

— Beto, se eu errei, foi totalmente sem querer, sem me dar conta. Só me diga uma coisinha... Qual foi o segredo teu que eu contei, hein?

— Você jura guardar segredo?

— Claro, né? Conta.

— Foi... foi... ô, cara, você vai acreditar se eu disser que não tô me lembrando?

Paixonite

Numa segunda-feira de manhã, antes de começar a primeira aula:

— Lúli! Lúli!! LÚLI!

— Ahn? Tá falando comigo?

— Lúli! Que é que você tem? Tá tão esquisita, avoada...

— Nada, não. Desculpe, Teca. Você queria dizer alguma coisa?

— Claro que queria. Faz séculos que estou te chamando! O sinal já tocou e tem prova agora. Vamos!

— Prova? De quê?

— Não acredito. Você pirou de vez. De Matemática! Não vai me dizer que você não estudou...

— De jeito nenhum! Esqueci completamente. Vou entrar na maior fria!

— Bom dia, professor. Perdoe o atraso, mas a Luciana passou mal e eu tive que ajudá-la. Sabe como é... nervosismo antes da prova...

— Sem muita conversa, dona Tereza. Sentem-se porque já vamos começar.

Após a prova...

— Como foi, Lúli?

Supermal, Teca. Estou totalmente por fora da matéria.

— Tem alguma coisa errada com você. Tá com alguma dor? Febre? Pressão baixa?

— Nada disso, Teca. Eu estou ótima. É que... você jura que não conta pra ninguém?

— Juro por tudo! Conta! Eu sabia que tinha algo... você brigou de novo com a sua irmã?

— Não. Quero dizer, sim. Mas isso não tem a mínima importância! Teca... eu acho que estou amando... só pode ser... cada vez que o vejo fico vermelha, o coração dispara, sinto falta de ar, as pernas ficam bambas, dá um nó na garganta, uma sensação de desmaio...

— Ufa! Paixonite da grossa, minha amiga! E quem é o felizardo? Ele já sabe?

— Sabe nada! Aliás, ele nem sabe que eu existo!

— Quem é? Tô morrendo de curiosidade...

— Ai, Teca! Ele é lindo, tem cabelos loiros, meio encaracolados, parece um anjo! E olhos superazuis, o nariz arrebitado... É alto, elegante, um gato!

— Puxa! Em que classe ele estuda? Como é o nome dele? Não me lembro de ter visto um cara tão cheio de charme aqui na escola. Com certeza não é da nossa classe!

— Não! Claro que não! Ele já está no nono ano! Ai! Olha ele! Preciso sentar! Que calor!

— Aquele ali? O Fernando? Não posso acreditar!

– Ele não é o máximo?... Como você sabe o nome dele? Não vai me dizer que conhece o anjinho... Vamos! Fala logo!

– Lúli, perca as esperanças. Ele é o famoso Fernando Rato.

– Rato? Que sobrenome gozado! Famoso por quê? Me apresenta ele, rápido!

– Eu não o conheço pessoalmente. E Rato é só o apelido dele: Rato de biblioteca.

– Rato de biblioteca?

– É. Ele não está nem aí pras meninas. O negócio dele é livros, livros, livros. Rato de biblioteca é o cara que vive enfiado numa biblioteca. Não faz outra coisa a não ser ler. É completamente louco!

– Teca, não fale assim! Tem que ter um modo de eu chegar perto dele.

– Esquece. Do jeito que você é fanática por livros... pode esquecer!

– Não ria da minha cara! Só porque eu não gosto de ler não quer dizer que nunca tenha lido nada.

– Só os livros que a escola manda. E mesmo esses, mal e mal!

– Nunca é tarde para começar...

– Xi! O caso é sério mesmo!

No dia seguinte, durante o recreio, na biblioteca...

– Com licença! Posso me sentar aqui?

— SHH! Silêncio na biblioteca, jovem!

— Essa dona Noêmia... é a rainha do silêncio. Posso?

— Pode o quê, menina?

— Me sentar?

— Os lugares não são marcados...

— Então posso?

— O quê?

— Sentar...

— SHH!!

— Claro, mas, por favor, fique quietinha. Assim não dá pra ler.

— O que você está lendo?

— Não é livro pra meninas.

— É de sexo? Pode falar... afinal eu já tenho 12 anos!

— Não, não é de sexo. Tchau!

Ainda durante o recreio...

— Teca, quero morrer de vergonha!

— Que eu saiba, não é nenhuma vergonha falar em sexo.

— Não é isso. Eu fui metida, mas também... ele não precisava pegar o material dele e mudar pra outra mesa. Na frente de todo mundo. Que vergonha! A Márcia estava na biblioteca. Justo ela! Até o fim do recreio a turma toda vai ficar sabendo... Quero morrer!

— Não seja dramática, Lúli. Não foi tão grave. Só que... se você quer mesmo conhecer o Rato, tem que encontrar outra tática.

— Não o chame de Rato, tadinho. É. Preciso achar uma maneira de chamar a atenção do Fernando. A biblioteca é o melhor lugar, mas... se cada vez que eu tentar falar a dona Noêmia fizer SHH... como posso fazer ele notar minha presença?

— Já pensou em experimentar ler?

— A ideia me passou pela cabeça...

Quarta-feira, no fim da tarde, no quarto de Lúli...

— Lúli, pelo amor de Deus, pare de chorar. A prova de História é amanhã na primeira aula. Lúli! Você está manchando o <u>meu</u> caderno com suas lágrimas. Eu preciso de nota em História. Lúli! Você está me ouvindo? Eu pergunto o que aconteceu, você não responde. Eu quero estudar e você não está a fim. Então tchau mesmo que eu tenho mais o que fazer!

— Teca, não! Espere! Você tem razão. É que eu sou tããããããão infeliz!

— Que foi? Desabafa, garota.

— Logo depois da aula, eu vi o Fernando indo pra biblioteca com um lanche. Então resolvi fazer a mesma coisa. Eu tinha aula de teatro depois do almoço. E você sabe o quanto eu adoro essa aula... Eu cabulei a aula de teatro pra ficar na biblioteca. Sentei numa mesa bem em frente da dele, coloquei o caderno de História sobre a mesa, pensando até em estudar um pouco, mas não consegui tirar os olhos de cima do Fernando... Ele é tão perfeito... Ficou lendo umas duas horas e depois saiu. Sem me olhar. Como se eu fosse um livro... Não, se eu fosse um livro ele teria notado... Como se eu fosse uma estátua, um poste, uma parede, um...

— Chega, já entendi! Só que não adianta ficar apenas encarando. Você podia fazer de conta, pelo menos, que está lendo, né? Agora pare de soluçar e suspirar e vamos estudar, que dá mais certo.

Quinta-feira, de noitinha, na casa de Teca...

— Teca, você não imagina o que houve!

— Pela tua cara, deve ter sido apresentada ao Rato.

— Já te pedi pra não falar assim. Não... não fui apresentada, mas aconteceu uma coisa superengraçada lá na biblioteca.

— Vá contando.

— Bem, hoje almocei rapidinho e fui falar com a dona Noêmia. Pedi um livro bem incrível, pois era cedo e faltavam mais de 20 minutos para a hora em que o Fernando costuma chegar e eu queria que ele me encontrasse lendo ou pelo menos fingindo que estava lendo, como você sugeriu. Aí... você não vai acreditar...

— Vindo de você, eu acredito. Vai ver que adormeceu com a cara em cima do livro.

— Muito pelo contrário. Resolvi ler de verdade pra passar o tempo e, quando dei por mim, tinha acabado o livro. Levantei a cabeça e vi meu gato saindo da biblioteca. Pode? Li durante mais de duas horas, nem percebi o danado chegar e por pouco não o vejo sair... Nem eu me aguento. E sabe do que mais? O livro era ótimo. Preciso te passar o título e o nome do autor porque vale a pena!

Na segunda-feira seguinte, antes da primeira aula...

— Teca, passei o fim de semana tentando te encontrar. Onde foi que você se enfiou?

— Fui pro Guarujá com meus pais. Não estava muito a fim, mas eles curtem tanto... E você? Pelo tamanho dos teus olhos tem novidade das grandes!

— O Nando me convidou pra sair!

— "Nando"? Já estamos com intimidades! O que você fez pra conquistar o Rato? Onde vocês foram? Como ele é fora da biblioteca?

— Se você parar de falar, eu te conto!

— Tô calada igual múmia!

— Doida! Bem, tudo começou na sexta de tarde. Na biblioteca, é lógico. Eu estava lendo um superlivro, toda entretida e, de repente, ergui os olhos e lá estava ele. Sentado na minha mesa, bem na minha frente, sorrindo. Fiquei toda sem graça.

– E aí?

– Aí eu perguntei se ele queria alguma coisa e ele disse que sim. Queria saber se eu estava lendo um livro sobre sexo e se eu gostaria de sair com ele no sábado.

– E você? O que respondeu?

– Primeiro quase caí dura. Depois disse que o livro não era sobre sexo, que eu estava em outra fase, e pedi pra ele me ligar sábado de manhã que eu ia ver se não tinha outro programa!

– Você definitivamente não bate bem. E se ele mudasse de ideia?

– Mas não mudou. O telefone me acordou sábado logo cedo e era ele, querendo saber se estava tudo bem e se eu topava o convite. Topei e fomos almoçar em uma lanchonete.

– Que máximo! E então? Como ele é?

– Legal. Pediu pra eu chamá-lo de Nando porque é assim que os pais dele o chamam e me fez o maior questionário literário da face da Terra. A professora de Português é uma santa perto dele.

– Foi aí que você entrou bem...

– Teca! Você não conhece direito sua melhor amiga! Na própria sexta-feira, antes de sair da escola, pedi pra dona Noêmia uma lista, por escrito, dos livros e autores mais famosos do momento. Daí

foi só decorar. Você precisava ver a cara dele quando eu mencionava algum!

– E você não se atrapalhou nem um pouco?

– Só uma vezinha... Quando ele pediu pra que eu resumisse um deles, pois ele estava interessado no conteúdo.

– O que você disse?

– Engasguei um pouco e respondi que esse era justamente o que eu estava lendo no momento e que depois eu contava tudo pra ele!

– Sabidinha! E agora?

– Agora? Olha aqui! Tirei o livro. Hoje mesmo começo a ler!

– Quem diria! E ele? Marcou outro encontro?

– Marcou. Pro próximo sábado! Vamos andando que o sinal bateu faz um tempão!

Domingo cedo, na casa de Lúli...

– Oi, Lúli!

– Oi!

– Como foi ontem?

– Ontem?

– Você não saiu com o Nando?

– Ah! Saí. Foi tudo bem.

– Quer parar de ler e me responder direito, mulher! Aonde vocês foram?

– Almoçar numa lanchonete.

– Original. E que mais?

— Mais nada.

— Você não está com muita vontade de conversar... Larga esse livro! Brigaram?

— Não. Teria sido mais empolgante se a gente brigasse. Só falamos. Aliás no começo só ele falou. Eu escutei. E foi muito chato. No meio do monólogo ele me pediu em namoro! Dá pra acreditar? Pedir em namoro? Que coisa mais antiga! Era só pegar na minha mão, dar uns beijinhos e pronto.

— E você? Aceitou?

— Não. Não aceitei. Em vez disso eu resolvi fazer um questionário para ele. Que não foi respondido satisfatoriamente.

— Como assim?

— Você pode imaginar que o Rato não gosta de música? Não curte cinema nem teatro. Nunca assistiu a um jogo de futebol, não liga pra esporte. Também não dança, não assiste à TV. Nada! Só gosta de ler, ler, ler, ler. É demais pra minha cabeça.

— Então acabou?

— Quase. Ele me convidou pra almoçar hoje com ele numa lanchonete. O Nando adora hambúrguer com fritas.

— Posso imaginar tua alegria!

— Dei pulos! Expliquei que estava de regime, que não ia dar e que na verdade eu precisava ir embora porque estava acabando um livro sensacional. O tal do resumo, aquele que ele queria conhecer o conteúdo. Ele entendeu perfeitamente e eu voei pra casa.

— E caiu no maior choro!

— Não, tonta! Fui continuar a ler o livro. É o maior barato! E esse finalzinho é empolgante pra caramba!

— Já entendi. Tô de saída. Você anda muito antipática, ouviu?

— Você está indo?? Tchau, então. Até amanhã.

— Tchau. Rata!

— Pera aí! Rata não. Qual é o seu problema? Quem passou a vida insistindo pra que eu abrisse um livro? Agora que eu peguei o gostinho tá querendo me esnobar? O Fernando é rato mesmo. Nem sabe que tem outras coisas bacanas na vida... Eu, que só conhecia as outras coisas, de repente descobri que ler é legal também. Não fique emburrada, Tequinha! Não tenha ciúme deste livro... Eu gosto mais de você do que dele. Só para te provar eu deixo ele de lado. Vamos assistir a um filme na TV? Mais tarde eu termino de ler e amanhã passo pra você. Quando você terminar, a gente conversa sobre ele. Tá bom assim?

— Tá... desculpe o "rata". Falei sem pensar. É que estou meio nervosa, estranha...

— Seu irmãozinho aprontou outra vez?

— Não, hoje não. É que... você jura que não conta pra ninguém?

— Juro! Ih! Já ouvi essa história antes... Você está apaixonada, não é? Quem é o sortudo?

— É... é o Duda. Aquele morenão de olhos verdes da sexta B, que veio do período da tarde.

— O Duda Salva-vidas! Justo ele?

— Salva-vidas? Como assim?

— Eu explico. Por incrível que pareça, o Duda é meu primo de longe. Quer distância dos livros, mas é maluco por natação... Passa o dia inteiro na piscina do clube. Esquece, Teca. Do jeito que você tem medo de água... Só se for se jogar nos braços dele!

— Deixe de gozação pra cima de mim. Eu podia arrumar um bom professor de natação e... quem sabe...

Eleições

No começo do ano, lá na classe, vieram avisar que, no mês que vem, vai ter eleições pra escolher o novo Grêmio.

Eu curto o agito de antes das eleições, apesar de não ser muito sociável.

Formam-se montes de grupos, todos se registram com os nomes mais malucos possíveis e bolam campanhas doidíssimas. Agenda séria poucos têm, mas a farra é geral.

Este ano, fui convidada pra fazer parte de um grupo. Fiquei meio com medo de me expor, mas aceitei. O pessoal que me convidou é muito cheio de imaginação e a eleição acaba sendo quase um pretexto pra se encontrar.

No começo a gente até falou sobre o que era importante num Grêmio para poder colocar nos estatutos:

Artigo I — Ter montes de festas pra juntar a galera.

Artigo II — Entrevistar pessoas famosas e interessantes.

Artigo III — Reunir representantes de classe para discutir problemas de alunos e professores.

Essa é a parte óbvia.

As decisões menos óbvias adicionadas aos estatutos foram:

Artigo IV – Donos de cachorros devem agasalhá-los no inverno e providenciar capas impermeáveis para os dias de chuva.

Artigo V – Os alunos devem fazer exercícios pela manhã a fim de ficar mais saudáveis e dispostos a assistir às aulas.

Parágrafo I – Os alunos serão dispensados de fazer exercícios se:

a) fizer muito frio;

b) fizer muito calor;

c) der muita preguiça.

Parágrafo II – Os alunos serão dispensados de assistir às aulas se:

a) forem muito chatas;

b) fizer muito frio:

c) fizer muito calor;

d) der muita preguiça.

Artigo VI – Novos artigos serão adicionados ao estatuto conforme interesse do grupo ou se surgir uma boa ideia.

Esse artigo VI foi o melhor. Com ele ficou valendo qualquer coisa!

Mas o grupo precisava de um nome e deliramos na procura:

Profusão de parafusetas

Panelão e gororoba

Crer ou não crer...

Acabamos optando por Estratégia, por uma questão de estratégia.

Depois dessa etapa nos encontramos para montar a chapa. Eu, bastante reservada, fiquei na minha.

— Quem se candidata a presidente?

Essa era uma pergunta retórica. Todos sabiam o nome do candidato ideal, o que reuniu a turma, o que mais deu ideias, o mais atuante, o mais diplomático, o mais tudo, sempre: o Fredão.

— Vice.

Marina se ofereceu.

— Primeiro-secretário.

Celso disse que topava.

— Segundo-secretário.

— Tesoureiro.

— Assessor de divulgação.

— Assessor para assuntos gerais.

— Arrecadador-chefe de campanha.

A cada cargo citado, alguém se oferecia para preenchê-lo. Eu, quieta.

No fim, cada membro da chapa tinha uma tarefa, menos eu.

— Leila, você será a representante do grupo nos fóruns e reuniões gerais. Você vai fazer discursos, apresentar nossas propostas, explicar nossos objetivos.

— E-eu? Justo eu? Mas eu não gosto de falar em público, não sei falar em público, tenho vergonha de falar em público.

— Boa hora pra aprender — disse Fredão. — Você não se ofereceu pra nada e como você faz parte do Estratégia, nós apresentamos a você a oportunidade de desenvolver um aspecto da sua pessoa pouco trabalhado.

Eu queria achar um buraco pra me esconder. Pensei em desistir, pensei em pedir pra alguém trocar de cargo comigo, pensei em gritar. Mas não tive coragem. Então falei:

— Tá bem. Mas... será que eu não vou prejudicar o grupo? Sou péssima pra me destacar assim na frente de tanta gente... E se eu ficar sem voz? E se precisar ir ao banheiro? Se me der um acesso de tosse? Se esquecer as palavras? Se ficar doente, com febre? Se eu quebrar o pé? Eu ainda não tive catapora... Se eu tiver que fazer uma viagem de emergência? Se eu precisar mudar pra outra cidade? Se for mordida por um cachorro louco? Se perder a hora? Se ficar presa no trânsito? Se me der um branco?

— Chega, Leila! Se acontecer qualquer coisa desse gênero, a gente dá um jeito. Olhe aqui. Já temos até um discursinho preparado para sua primeira apresentação.

E Fredão me deu um calhamaço de papéis. Parecia preparado para o que acabava de acontecer.

— Pode ir treinando, se quiser. Tem tempo. Você só vai falar amanhã de tarde.

Tremi inteira.

Quem mandou não ter aceitado nada... Era de propósito o que estavam aprontando comigo. Um castigo. Todos sabiam quanto eu detestava o que estavam me pedindo...

Fui pra casa, desesperada. Li o discurso todo uma, duas, três vezes. No banheiro, na frente do espelho, no quintal para as roupas penduradas no varal. Li pra minha mãe, li pro meu pai. Era um discursinho formal, sem graça, repetitivo, bem morno, mas eu não queria fazer papelão. Achava até que com aquele discurso já podíamos dar as eleições por perdidas. Mas... combinado é combinado e eu estava disposta a ler aquela baboseira pra não decepcionar ninguém. Pelo menos até desmaiar e ter que ser levada dali. Que grande ideia! Podia fingir um desmaio bem no comecinho da leitura e pronto. Não, não podia. Claro que não! Li o discurso novamente na frente da janela pras pessoas que passavam na rua. E pro gato da vizinha. E pro travesseiro durante a noite. E no outro dia durante toda a manhã, pra quem quisesse ouvir. Quanto mais lia, mais achava o discurso sem pé nem cabeça... Só não discuti sobre ele com o Fredão com receio de que ele me mandasse escrever coisa melhor. Nem pensar!

Chegou finalmente a hora.

Peguei os papéis que tinha deixado sobre minha mesa, na classe, para tomar um copo d'água e me dirigi, cercada dos colegas, para o teatro da escola e para o palco, onde deveria esperar minha vez de falar.

Dois grupos se apresentaram antes de mim com propostas razoáveis, engraçadas, aceitáveis.

Aí, me chamaram.

Engoli em seco, respirei fundo e comecei:

— Senh.. Olá, cambada de alienados!

"Não. Eu não acredito que disse isso."

— O Estratégia chegou para arrasar, para destruir ilusões, para quebrar tabus, para virar a escola de cabeça para baixo.

Consegui, com essas poucas palavras, prender a atenção de todos, mas... não tinha sido esse o discurso que eu tinha lido e relido. Congelei, parei de respirar, as pernas ficaram bambas. Rezei para desmaiar. E nada. O público ficou me encarando, eu encarando o público.

E, lá no fundo, alguém gritou:

— Por que parou? Parou por quê?

Não sei como juntei forças e voltei a ler o discurso. Ele era muito engraçado, bem bolado e eu fui me empolgando. E desencanando. E curtindo ler. Até <u>eu</u> queria saber a continuação.

Fui interpretando, gesticulando e em momentos até cantarolando, quando o texto pedia.

Fiquei, de repente, inspiradíssima.

— Eu sei que o Estratégia é a chapa mais adequada para assumir o Grêmio! Eu sei que o Fredão é o candidato mais adequado à presidência do Grêmio! Eu sei porque entrei nesse grupo! E tenho fé na vitória! Andar com fé eu vou, que a fé não costuma falhar...

Neste momento toda a turma do Estratégia começou a cantar junto:

— Andar com fé eu vou, que a fé não costuma falhar...

— E viva o Gilberto Gil! Viva o Estratégia! Viva o Grêmio! Viva nossa queridíssima escola! Obrigada, gente! Valeu!

Saí do palco aplaudidíssima, me sentindo a própria porta-voz do governo brasileiro. Quase não acreditei na minha *performance*.

Pode até ser que o Estratégia não ganhe as eleições, o que eu duvido, mas eu, pessoalmente, ganhei essa parada!

ESTRA-
TEGIA
NÓS E NÓS

Enfrentando as feras

O que fazer para enfrentar as feras?

Eu deveria saber que tinha prova?

Deveria.

Eu deveria ter estudado?

Deveria.

Quem mandou contar com o Rafael! Que droga de amigo! Não me avisou que tinha prova nem estudou pra que eu pudesse dar uma coladinha...

Quando será que o professor marcou essa bendita?

Deve ter sido no dia daquele futebolzinho superrelaxante que começou no recreio e terminou... na hora da saída.

Eu tenho culpa que meu relógio tá quebrado e eu nem senti o tempo passar?

Eu tenho culpa que nenhum dos meus companheiros de jogo era da minha classe e não tinham aula após o recreio?

Eu tenho culpa que nenhum colega veio me chamar e dizer que tava na hora de ir?

Eu não ouvi o sinal, não percebi a movimentação... mas fiz um gol. Um gol sensacional! Meu time ganhou por minha causa.

E se esse pessoal mandasse um abaixo-assinado pros meus pais dizendo que era uma questão de vida ou morte, que eu os salvei, que o sinal esqueceu de tocar?

Não. Não vai dar certo.

Eu tinha que conhecer a matéria pelo menos um pouquinho, pra poder enrolar.

Mas a prova foi dificílima. Acho que o professor nem tinha dado essa matéria. Com certeza foi alguma sacanagem da parte dele pra castigar a turma pela falta de atenção de todos, pela baderna constante. É. É isso que eu vou dizer lá em casa.

Se bem que... meu primo Tobias, o queridinho da família, que por um azar federal estuda na minha classe, é o maior CDF da face da Terra e tirou, lógico, um dez enorme.

E a Fátima, minha vizinha, será que conta? Aposto que eles vão perguntar pra ela quanto ela tirou — e ela tirou um oito. Nota boa pra caramba. Também, com aquela sem-gracice toda, fica em casa direto, e, pra passar o tempo, só mesmo estudando.

Quem mais eles conhecem?

O Rafael, claro. Ele também tirou zero. Melhor nem contar pra eles. Vão vir de novo com aquele discurso manjado:

— O Rafael não é uma boa companhia pra

você, meu filho. Você precisa se enturmar com gente mais parecida com você!

Mais parecida que o Rafael? Ele praticamente adivinha o que eu estou pensando. A gente gosta dos mesmos programas, do mesmo time, da mesma música, da mesma comida, das mesmas meninas...

Outro dia eu fiquei com a menina da qual ele tava a fim e quase acabei com a nossa amizade.

Tive que dar pra ele quase toda minha coleção de latas de cerveja pra fazer as pazes...

Bem, voltando ao problema principal. O que é que eu faço?

Esqueço de mostrar o boletim? Não. Eles precisam assinar. Não sei pra que essa besteira de assinar. Será que a escola não confia em mim? Não acredita que eu vou mostrar o boletim pra eles?

Pois é. Ela tem razão. Eu, se fosse a escola, também não confiava em mim. Se, pelo menos, eu soubesse imitar a assinatura deles, se não fossem tão complicadas...

E agora? O pior é que tem que ser hoje e eu estou sem inspiração... Eu podia ficar com dor de estômago, dar a maior peninha neles e diminuir o tamanho da bronca. Podia, mas fiz mais ou menos isso da última vez. Repetir, assim, num espaço tão curto, não vai dar resultado.

Mostro pro meu pai ou pra minha mãe?

Pro papai tem que ser de noite, quando ele já está cansado e não presta muita atenção no que eu digo.

zero
zero

Pra mamãe tem que ser de manhãzinha, quando ela está ocupada com o café e nem olha o que assina.

O problema é que, ultimamente, eles estão ficando espertos. De noite papai chama a mamãe, que só adormece de madrugada, e logo cedo a mamãe manda falar com o papai, que está tranquilamente lendo o jornal enquanto espera pelo café.

Tenho uma ideia! Preciso só ver se o que sobrou do dinheiro da mesada é suficiente.

Ufa! Fui brilhante!

Comprei um ramo enorme de rosas e um cartão lindo que diz:

— Só porque te amo.

Coloquei o cartão no meio das flores e entreguei pra ela no fim da tarde.

Ela chorou um monte, me abraçou, me beijou um monte. Se emocionou demais.

— Por que isso, filho? Nem é meu aniversário...

— Só porque te amo, mãe. Ah, saiu o boletim. Dá uma assinadinha aqui, por favor.

E não é que ela assinou sem olhar? Estava tão comovida, que só olhava pra mim. Foi lindo! Deu até um pouquinho de dor na consciência. Mas só um pouquinho. Quem sabe, pro próximo bimestre, eu estudo de verdade e tiro notas razoáveis. Tá ficando mais cansativo pensar num jeito de enfrentar as feras lá em casa do que dar uma estudada!

Olhos de amigo

Gabriela... minha melhor amiga!

Me lembro bem de quando éramos pequenos e meus pais, superamigos dos pais dela, convidavam a família dela para passar o fim de semana em nosso sítio em Mairiporã.

A gente brincava tanto, cantava tanto, brigava, fazia as pazes, brincava de novo de tudo quanto era coisa. Bola, pega-pega, teatro, corrida, mergulhos no lago, balanço, cavalo...

E, de noite, as crianças dormiam todas no mesmo quarto cheio de camas-beliches. Parecia um acampamento.

A Gabriela e eu conversávamos até altas madrugadas. Ela dizia que eu era seu único amigo-homem e eu ficava superorgulhoso.

Desde essa época a amizade só cresceu.

Aí, um dia, a Gabriela me telefonou e disse que a família ia se mudar pra Bahia. Que era uma decisão tomada fazia tempo pelos pais e que não adiantava espernear, suplicar, pedir pra ficar na casa da tia. Estava resolvido.

Me deu um nó na garganta... Eu ia perder minha amiga mais querida, minha única amiga-mulher.

Ela disse que não ia perder nada, não. Que ia escrever, ligar e que eu devia fazer a mesma coisa.

Ela foi embora, a gente se correspondeu por um tempo e se telefonou por uns meses...

Quando eu ganhei meu computador, o primeiro e-mail foi pra ela. Ficou mais fácil se comunicar. Mas, mesmo assim, pouco a pouco, a gente foi se distanciando, tendo interesses diferentes, ficando cada vez mais sem tempo um pro outro.

Deixamos de nos escrever por mais de um ano, até que recebi um e-mail que dizia:

Fabinho, estou voltando pra São Paulo na próxima semana. Estou louca pra te ver,

Gabriela

Dei pulos. Ia ver de novo minha amigona. "Como será que ela está? Será que mudou de cara, cortou o cabelo, trocou de óculos? Será que cresceu? Estará magra ou gorda? Ainda usa *jeans* detonados e camisetas rasgadas?", pensei.

Por mais que eu pensasse, nada nem ninguém me preparou para encontrar Gabriela depois de dois anos.

Eu continuava o mesmo menino. Um pouco mais alto, talvez. Nem mais magro nem mais gordo. O mesmo tipo de roupa, o cabelo mais comprido, mas, no geral, a mesma cara, o mesmo jeitão.

Só que a Gabriela...

A princípio não a reconheci. Apareceu na escola, na hora do recreio, sem nem avisar nada, um dia antes da volta anunciada.

Notei sua presença imediatamente. E ela não chamava só a minha atenção. Meus colegas logo começaram a comentar:

— Que gata, meu!

— Uma deusa!

— Uma aparição!

Ela veio em nossa direção e só quando disse "Fabinho!" e estendeu os braços pra me abraçar percebi que a deusa era Gabriela.

Fiquei vermelho, gaguejei, apresentei meus amigos que babavam.

Meu moral foi pro céu. Mas a vergonha quase me matou quando percebi que precisava ficar na ponta dos pés para abraçá-la.

Eu continuava o mesmo garoto, mas Gabriela tinha se transformado numa mulher. Eu mal podia acreditar.

Seria o ar da Bahia? Algum remédio especial?

Aquele monumento na minha frente, falando comigo...

— O quê? O que foi que você disse, Gabriela?

— Eu estava louquinha pra te ver, Fabinho!

Pensei tanto em você todo esse tempo... Quando é que a gente pode ir pra Mairiporã?

Ela sorria e me abraçava. Parecia que, por dentro, continuava a mesma.

Combinei levá-la pro sítio no sábado seguinte e corri pra casa sem esperar o término das aulas. Estava arrasado.

Eu tinha certeza de que ela iria se tocar que eu continuava um pirralho e que uma princesa como ela não convive com caras como eu.

Quis cancelar o convite pro sítio, tentei evitá-la mandando um bilhete, em vez de falar pessoalmente.

Ela não quis nem saber. Veio logo me encontrar e disse:

— Temos muito que conversar. Quero rever o sítio onde fui tão feliz e quero estar perto de você. Nem tente se safar dessa.

Gabriela continuava igualzinha. Acho que não tinha a mínima ideia de que havia se transformado tanto.

Só percebeu mesmo a mudança quando os garotos mais velhos começaram a ligar pra ela, a querer ficar com ela, a convidá-la pra sair.

E, mesmo assim, ela ligava pra mim para pedir conselhos e fazer confidências.

Fez com que eu me sentisse importante. Um tampinha subdesenvolvido, mas importante.

Acho que ela me vê com olhos de amigo — olhos de amigo enxergam diferente.

Gabriela começou a namorar um dos caras que viviam atrás dela e eu fiquei de escanteio.

Lógico que não digo pra ela que me sinto inseguro. Que, às vezes, tenho medo de não crescer, de não me desenvolver legal...

Se bem que... hoje eu me olhei bem no espelho e... não é que tem uns fiozinhos de bigode começando a aparecer?...

Minha cabeça é uma espécie de máquina de fazer pipoca. Os grãos convivem com meus neurônios na maior falta de cerimônia.

De repente, sem mais nem menos, começam a pipocar. Às vezes, montes deles. E ninguém segura.

São grãos de imaginação que se agitam com uma frase, um refrão de música, a cena de um filme, uma paisagem vista da janela de um carro.

Um dia, caminhando tranquilamente pela rua, quase fui atropelada por uma montanha de gente que saía de uma escola. Em seguida, uma montanha de grãos, sem ao menos pedir licença, começou a estourar, atropelando minha tranquilidade. E deu origem a **O Jeitão da Turma**.

Da mesma maneira que pipocaram os grãos, pipocaram meus personagens, vivendo seu dia a dia. Vivendo suas emoções, frustrações, tristezas, amores, alegrias, tropeços, vitórias, confusões, paixões, vergonhas, sofrimentos, segredos. Vivendo.

É o jeitão deles que eu apresento para vocês. Partilhando com eles as minhas próprias emoções.

Alina Perlman

Sobre o ilustrador:

Alcy é arquiteto, embora nunca tenha exercido a profissão. Sua experiência acadêmica foi importante para desenvolver nele uma visão crítica da vida e do desenho. Fez vários trabalhos de ilustrações e charges para revistas e jornais, mas foi construindo uma carreira paralela como artista gráfico. Para Alcy, o livro infantil é um campo bom para o desenho de humor, porque criança adora desenho engraçado. Com essa filosofia, ele já ilustrou mais de quarenta títulos, agora incrementando essa lista com *O Jeitão da Turma*.

COLEÇÃO JABUTI

4 Ases & 1 Curinga
Adeus, escola ▼◆🗐☒
Adivinhador, O
Amazônia
Anjos do mar
Aprendendo a viver ◆⌘■
Aqui dentro há um longe imenso
Artista na ponte num dia de chuva e neblina, O ✻★⌖
Aventura na França
Awankana ✏☆⌖
Baleias não dizem adeus ✻🕮⌖○
Bilhetinhos ✪
Blog da Marina, O ⌖✏
Boa de garfo e outros contos ◆✏⌘⌖
Bonequeiro de sucata, O
Borboletas na chuva
Botão grená, O ▼✏
Braçoabraço ▼⚐
Caderno de segredos ❑◎✏🕮⌖○
Carrego no peito
Carta do pirata francês, A ✏
Casa de Hans Kunst, A
Cavaleiro das palavras, O ★
Cérbero, o navio do inferno 🕮☑⌖
Charadas para qualquer Sherlock
Chico, Edu e o nono ano
Clube dos Leitores de Histórias Tristes ✏
Com o coração do outro lado do mundo ■
Conquista da vida, A
Contos caipiras
Da costa do ouro ▲⌖○
Da matéria dos sonhos 🕮☑⌖
De Paris, com amor ❑◎★🕮⌘☒⌖
De sonhar também se vive...
Debaixo da ingazeira da praça
Delicadezas do espanto ✪
Desafio nas missões
Desafios do rebelde, Os
Desprezados F. C.
Deusa da minha rua, A 🕮⌖○
Devezenquandário de Leila Rosa Canguçu ✈
Dúvidas, segredos e descobertas
É tudo mentira
Enigma dos chimpanzés, O
Enquanto meu amor não vem ●✏⌖
Escandaloso teatro das virtudes, O ✈☺
Espelho maldito ▼✏⌘
Estava nascendo o dia em que conheceriam o mar
Estranho doutor Pimenta, O
Face oculta, A
Fantasmas ⌖
Fantasmas da rua do Canto, Os ✏
Firme como boia ▼⌖○
Florestania ✏
Furo de reportagem ❑✪◎🕮⚐⌖
Futuro feito à mão
Goleiro Leleta, O ▲
Guerra das sabidas contra os atletas vagais, A ✏
Hipergame ☙🕮⌖
História de Lalo, A ⌘
Histórias do mundo que se foi ▲✏✪
Homem que não teimava, O ◎❑✪⚐○
Ilhados
Ingênuo? Nem tanto...
Jeitão da turma, O ✏○
Lelé da Cuca, detetive especial ☑✪
Leo na corda bamba
Lia e o sétimo ano ✏■
Liberdade virtual ✏
Lobo, lobão, lobisomem
Luana Carranca
Machado e Juca †▼●☞☑⌖
Mágica para cegos
Mariana e o lobo Mall 🕮⌖
Márika e o oitavo ano ■
Marília, mar e ilha 🗐✒✏
Mataram nosso zagueiro
Matéria de delicadeza ✏☞⌖
Melhores dias virão
Memórias mal-assombradas de um fantasma canhoto
Menino e o mar, O ✏
Miguel e o sexto ano ✏
Minha querida filhinha
Miopia e outros contos insólitos
Mistério de Ícaro, O ✪⚐
Mistério mora ao lado, O ▼✪
Mochila, A
Motorista que contava assustadoras histórias de amor, O ▼●🗐⌖
Muito além da imaginação
Na mesma sintonia ⌖■
Na trilha do mamute ■✏☞⌖
Não se esqueçam da rosa ♠⌖
Nos passos da dança
Oh, Coração!
Passado nas mãos de Sandra, O ▼◎⌖○
Perseguição
Porta a porta ■🗐❑◎✏⌘⌖
Porta do meu coração, A ◆⚐
Primavera pop! ✪🕮⚐
Primeiro amor
Que tal passar um ano num país estrangeiro?
Quero ser belo ☑
Redes solidárias ◎▲❑✏⚐⌖
Reportagem mortal
Riso da morte, O
romeu@julieta.com.br ❑🗐⌘⌖
Rua 46 †❑◎⌘⌖
Sabor de vitória 🗐⌖○
Saci à solta
Sardenta ☞🕮☑⌖
Savanas
Segredo de Estado ■☛
Sendo o que se é
Sete casos do detetive Xulé ■
Só entre nós – Abelardo e Heloísa 🗐■
Só não venha de calça branca
Sofia e outros contos ☺
Sol é testemunha, O
Sorveteria, A
Surpresas da vida
Táli ☺
Tanto faz
Tenemit, a flor de lótus
Tigre na caverna, O
Triângulo de fogo
Última flor de abril, A
Um anarquista no sótão
Um balão caindo perto de nós
Um dia de matar! ●
Um e-mail em vermelho
Um sopro de esperança
Um trem para outro (?) mundo ✖
Uma janela para o crime
Uma trama perfeita
Vampíria
Vera Lúcia, verdade e luz ❑◆◎⌖
Vida no escuro, A
Viva a poesia viva ●❑◎✏🕮⌖○
Viver melhor ❑◎⌖
Vô, cadê você?
Yakima, o menino-onça 👆☙○
Zero a zero

★ Prêmio Altamente Recomendável da FNLIJ
☆ Prêmio Jabuti
✻ Prêmio "João-de-Barro" (MG)
▲ Prêmio Adolfo Aizen - UBE
✒ Premiado na Bienal Nestlé de Literatura Brasileira
☛ Premiado na França e na Espanha
☺ Finalista do Prêmio Jabuti
👆 Recomendado pela FNLIJ
✖ Fundo Municipal de Educação - Petrópolis/RJ
✪ Fundação Luís Eduardo Magalhães
● CONAE-SP
⌖ Salão Capixaba-ES
▼ Secretaria Municipal de Educação (RJ)
■ Departamento de Bibliotecas Infantojuvenis da Secretaria Municipal da Cultura/SP
◆ Programa Uma Biblioteca em cada Município
❑ Programa Cantinho de Leitura (GO)
♠ Secretaria de Educação de MG/EJA - Ensino Fundamental
☞ Acervo Básico da FNLIJ
✈ Selecionado pela FNLIJ para a Feira de Bolonha
✏ Programa Nacional do Livro Didático
🕮 Programa Bibliotecas Escolares (MG)
☙ Programa Nacional de Salas de Leitur
🗐 Programa Cantinho de Leitura (MG)
◎ Programa de Bibliotecas das Escolas Estaduais (GO)
† Programa Biblioteca do Ensino Médio (P
⌘ Secretaria Municipal de Educação/SP
☒ Programa "Fome de Saber", da Faap (S
⚐ Secretaria de Educação e Cultura da Bahi
○ Secretaria de Educação e Cultura de Vitór